OBAYASHI Shizue
大林　静栄

家族の絆に感謝

九十三年の人生を振り返って

文芸社

目次

家族の絆に感謝

九十三年の人生を振り返って

実家での家族

私の家族は、父母と男子二人女子六人の十人、私は六女でした。幼い頃、特に印象に残っているのは、夜はどの部屋にも布団を敷き並べていて、夏には蚊帳が吊ってあったことです。

朝起きて一番に始まるのはトイレの取り合いです。男性は外に出て畑の中にできますが、私はよくおもらしをして叱られていました。食事も早い者勝ち。私は食べるのが遅いので、泣いてばかりいたように思います。そんな時は、優しかった長兄が私をかばってくれます。とても可愛がってもらいました。

洋服は姉たちのお古ばかりで、お正月だけは私も新しい洋服を着せてもらいました。それがとても嬉しくて「早く来い来いお正月」と歌ったものです。

今の子どもたちには分からないでしょう。ふだんの日も盆も正月も洋服は一緒です。

母は、九人目の子どもを妊娠して（今なら考えられないことです）、出産したその日に、難産で子どもと共に四十二歳の若さで他界しました。

当時、私は十一歳で、何も分かりませんでしたが、今思うと、八人の子どもを残してあの世に旅立つことは、どんなに心残りで、悲しかったことでしょう。ただただ母の冥福を祈るばかりです。

その時、長女の姉は二十二歳、一番幼い弟は五歳という八人の子どもを置いて母に旅立たれた父も、どんなに大変だったことかと思います。姉たちは年子でした。

四人の姉は毎年次々と結婚が続き、毎年孫が生まれました。父は、嫁ぎ先への気遣いも大変だったことでしょう。

四人の姉は皆、長男の家に嫁ぎました（五人いた姉の一人は三十二歳で亡くなりました）。姑と小姑の折り合いがつかず子どもを連れて帰って来て、よく泣いている姉もいました。

姉たちのそんな姿を見るたび、私は結婚に希望が持てませんでした。

長男もお嫁さんをもらい、子どもが三人できて、やっと落ち着いた頃、父は病に伏して、六十二歳で母のもとに旅立ちました。

〝親孝行したいときには親はなし〟ということわざが身にしみます。

父は私に厳しく、女の子がする習い事をすべて身につけさせてくれました。お蔭で、人前に出ても恥じることなく過ごすことができました。

父の強さ、偉大さが今になってよく分かり、感謝しています。

私たちきょうだいはそれぞれ、仲良く幸せに暮らしながら、父と母の冥福を祈る日々を過ごしてまいりました。ありがとうございました。

主人との出会い　結婚、出産、子育て

昔のことですので、私にも何回かお見合いの話がありましたが、断り続けていました。しかし、当時は二十六歳にもなると友達は皆結婚して子ども連れで里帰りをして、とても幸せそうでした。

その頃、断りきれない人からの、お見合いの話がありました。まあいいかと、そんな気持ちでお見合いすることになりました。

公務員で真面目そうな人ですが、九人兄弟の長男ということでした。そんな家で私が嫁として務まるわけがないと思い、はじめから

断るつもりでいました。

ところが、本人たちをよそに話が進み、断れなくなり、結婚が決まってしまいました。

結婚一年目、主人が勤め先の滋賀県庁での健康診断で「結核初期」と診断され、S病院に一年間入院することになりました。

結婚式（著者二十七歳）

主人のいない大勢の家族の中で、毎日たくさんの洗濯物と食事の支度に追われ、私はこの家の何なのかと、寂しさと空しさにかられ、実家に帰りたくても両親がいないので帰ることもできず、夜ごと枕をぬらす日々でした。私の姉の一人が、嫁ぎ先で毛糸編み機の教室を開いていましたので、主人が入院している間に習いに行き、夜通し特訓してもらい、他の人より早く講師の資格をもらい、編み物教室を開きました。

思っていたよりたくさんの生徒さんが集まり、毎日が忙しくなりました。

大林家の家族

著者の家族

入院から一年経って主人は良くなり、職務に復帰することができました。しかし、二年経っても私たち夫婦に子どもができないので、お医者さんに診てもらいましたが、やはりできなくて諦めていたところ、結婚して三年目に子どもを授かりました。

嬉しくて天にものぼる思いだったのを覚えています。主人の両親も大変喜び、赤飯を炊いて祝ってくださいました。

待ちに待った長女が生まれ、私は一生懸命子育てに専念しました。

それから一年後、今度は待望の男の子が生まれましたが、難産で、すぐに他界しました。四年後、三人目は女の子が生まれました。翌年、四人目でやっと元気な男の子が生まれました。義父は跡取りができたととても喜び、出産の知らせを聞いた翌朝、夜が明けるのを待ちかねて主人より先に病院に来てくださいました。「男の子で良かった」と大変喜んでいた義父の嬉しそうな笑顔が今でも思い浮かび忘れられません。

退院して家に帰ってきたら、親戚中が集まってお祭り騒ぎで、私はびっくりしました。昔の人はよく跡継ぎを望んだものですね。長男の嫁の責任を果たすことができて、ほっとしました。

それから五年後、主人の両親は他界しました。実の父母のように可愛がっていただいて感謝しています。ご冥福をお祈りしています。ありがとうございました。お蔭様で三人の子どもは願い通りに元気に真面目に育ってくれました。皆様のお蔭です、感謝しています。

主人を支えるために

頑張って念願のマイホームも取得して順風満帆で幸せに暮らしていましたが、主人が風邪をこじらせ急性肺炎になり、助かる道は人工透析をするしかないとのことでした。大変な病気です。五十二歳でした。

これからずっと続く病院の送り迎えに、タクシーばかり使うのは経済的にも無理ですので、考えた末、私は車の免許を取りに教習所に通うことになりました。その時、私は四十八歳でした。

初めの教官は年配の人でした。最初から「貴方は年を取っている から年齢の日数だけかかりますよ」と言われましたが、やる気さえ あれば年齢は関係ないと思い、教官を代えてもらい一生懸命に頑張 りました。毎日通って一ヵ月で免許を取得しました。

免許を取って最初に主人を乗せて病院に着いた時は、嬉しくて涙 が止まりませんでした。

人工透析は週三回で、一回に五時間ほどかかります。日々の食事 の献立も大変で、水分、塩分（一日五グラム）、カリウム、エネル ギーを計算して一食分を作るのに、慣れるまでは二時間くらいかかり大変でしたが、少しずつ主人も元気になり、幸い一命を取り留めることができました。

先生、病院のスタッフの皆様のお蔭です。ありがとうございました。

主人の病院への送り迎えをしながら働くには時間が合わず、何回職場を変えたことか。その数は両手の指でも足りません。でも必死で探しました。

そんな日々を経て、次女が短期大学の幼児教育学科を卒業して、保育士として保育所に勤めることが決まりました。まずひと安心です。

入れ替わりに、長男が名古屋のS大学に入学が決まりました。

下宿探しのために、身の回りの物を用意して、初めて車で高速に乗り名古屋まで走りました。幸い学校の近くに下宿が見つかり、大家さんもとても優しそうな方で、「安心して任せてください」と心強く言っていただき安心しました。

無事に四年で卒業してくれますようにと願いを込めて、帰りも高速で無事帰って来ました。

しばらくはどうしているかと心配でした。加えて仕送りが大変です。病院の送り迎えもありますし、何か家にいながらできる仕事がないかと考えました。

その頃、着付け教室がブームになっていました。頑張って着付け講師の資格を取り、教室を開きました。たくさんの生徒さんが集まってくださり、教室を三ヵ所持って頑張りました。その頃はバブル景気だったので、お蔭様で助かりました。

そして息子も無事大学を卒業して近江八幡市役所に就職することが決まりました。

長女は県立の短期大学を卒業して、管理栄養士として病院に勤めています。素敵な彼氏もできて、とても幸せそうです。

ある日、テレビで『ゆかいな結婚式』という番組を見た長女が申し込みましたところ、出演することが決まりました。

軽い気持ちで申し込んだのに、まさか出演が決まるとは思っていませんでしたので、さあ大変。主人は、結婚はまだ早いと反対です。私は、女の子は生まれた時からお嫁に行くものと覚悟を決めていましたが、主人は心づもりをする間もなく娘を手放すのがたまらなく寂しい様子でした。父親は皆さんそう思われるのでしょう。

主人を説得するのに大変でした。その時、長女は二十一歳でした。

やっとのことで主人の許しを得て、先方のご両親と結婚を決めました。テレビに出る日が決まり、結婚式場は大阪の「月華殿」です。

待ちわびて　今日娘（長女）の　嫁ぐ日と
思うどこかに　宿る寂しさ

最高の衣装、最高の料理、司会はタレントの清水国明さまと原田

長女の結婚式

伸郎さま、出演は作曲家のキダ・タローさま、特別出演の千昌夫さまが「北国の春」を歌ってくださいました。

あまりの豪勢なメンバーに驚き、私たちには身の余る光栄です。全国の人にテレビで見ていただき、たくさんの人に祝福されて、高価なお土産をいただき、娘は最高の幸せ者です。今も三人の子どもに恵まれて、幸せに過ごしながら実家のそばに住んでいます。

初めて子どもを手放した親の寂しさなど、子どもには分からないでしょう。一年後に孫ができて、寂しさもどこかへ、主人は孫にメロメロで、孫の顔を見るのを楽しみながら、少しずつ元気になりました。

滋賀の琵琶湖で知り合ったので、「愛湖」と命名しました。

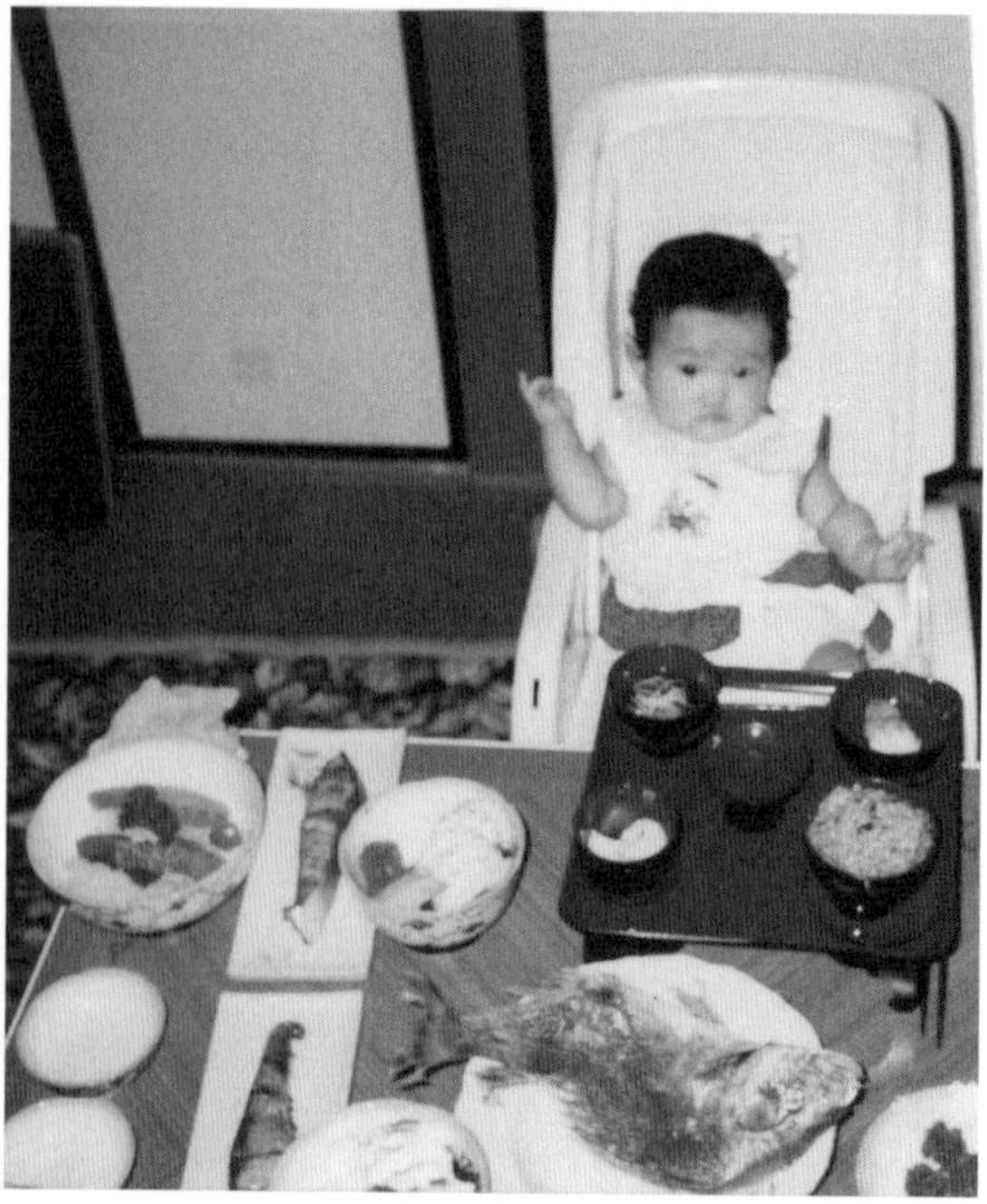

愛湖のお食い初め（百日祝い）

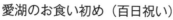

子どもが独立　二人暮らしにもどって

次女も結婚して家庭を持ち、男の子一人を授かり、近くに住んでいます。長男も職場結婚して子どもは男の子一人です。私が長男を産んだ時に義父が喜んだように、主人もとても喜びました。跡取りを産んでくれた嫁に感謝しています。

子どもは三人とも近くに住んでいます。嫁も二人の娘も働いていましたので、しばらくは保育所に送り迎えが続き大変でしたが、でもそれが私たちの生き甲斐でもありました。

孫が小学校にあがる頃、自宅の裏に立派な福祉センター「ひまわり館」が建ちました。お風呂、カラオケ、憩いの部屋にはマッサージ機五台、運動教室があり、とても素敵な施設です。職員の方も親切な方ばかりです。

毎日朝十時に主人と二人でセンターに行って、朝風呂に入れていただいて、皆さんとお話をし、カラオケで歌い、毎日がとても楽しかったです。お友達もたくさんできて、視野が広がり、皆さんとよく旅行に行きました。私たちは良い所に家を建てて良かったです。

生きてきた人生の中で私たちは今一番幸せです。自分の趣味に没頭できるとても幸せ者です。

人生最後の挑戦

「パソコン教室生徒募集。年配の人歓迎、七十歳くらいまで」と新聞に折り込みチラシが入っていました。人生最後の挑戦にパソコンを習得したいと思い、さっそく電話してみました。

「七十歳ですがお願いできますか」と尋ねると、「どうぞお越しください。お待ちしています」とのこと。翌日申し込みに行きました。

申込書に生年月日を書く時、「本当の年齢は七十三歳（当時）ですが、断られると思って、問い合わせの電話では七十歳と伝えました」と言ったら、笑っておられました。

初めての講習の日は年配の女性でとても優しい先生でした。始めはマウスに慣れるのも大変で、手がふるえて、思うように指が動いてくれません。

今までほとんど使う機会のなかったローマ字を必死で思い出すのが精一杯です。そして、昨日習ったこともすぐに忘れてしまうので、何回同じことを繰り返したことでしょうか。後ろから、先生のため息が聞こえそうでした。

パソコンの習得は思っていたよりも難しく、やはり私には無理かなど諦めかけた時、主人が家で練習するためにパソコンを購入してくれました。

結婚して初めての高額な買い物です。もう後には引けません。頑張るしかないと、テレビも友達も一時すべてシャットアウトして、無我夢中で一生懸命頑張りました。

しばらくして市役所のＩＴ講習が始まりました。たくさんの申込者の中から幸運にも抽選に当たり、再度、パソコンの講習を受けることができました。五回ほどパソコン教室で習っていたので、市の講習は私にはよく理解できました。

マスターできた時、嬉しくて「やったあー」と叫び、バンザイをしました。老いた私にパソコンができるなんて夢のようです。孫が「ばぁーちゃん凄い、素敵じゃん」と誉めてくれて嬉しかったです。タイミング良くパソコン教室と市の講習に巡り合えたのがとてもラッキーでした。

主人は、長い闘病生活で右目を失明しました。左目も視力が薄らぎ思うように読み書きができません。私がパソコンで代筆してあげることができて、今はとても喜んでいます。最後までやりぬくことができて良かったです。

遠くへ旅行ができませんので、インターネットで調べて近場に旅行して、思い出をたくさん作り、これから、どれだけ生きられるか分かりませんが、お互いに手足になって助け合い、最後まで頑張って暮らしたいと思っています。

老いた私にインターネットをできるまで教えてくださった皆様に感謝しています。ありがとうございました。

健康でいられることの幸せ

しばらく気分が悪かったことがあり病院に行きましたところ、診察と検査の結果「病名は胃癌です」と医師に告げられました。「私がどうして癌なのよ」と叫びたい気持ちをおさえ、付き添ってくれた長女が真っ青な顔で固まっているのを見て気を取り直しました。それからどのようにして家に帰ったのか思い出せません。

帰ると主人が玄関で待っていました。「どうだった」と聞かれて、張り詰めていた気持ちがガタガタとくずれ、滝のように涙がボロボロ流れ落ち、主人にすがって泣きました。

主人は「なってしまったことはしょうがない。前向きに二人で頑張ろう」と、優しく励ましてくれました。

間違いでありますようにと祈りながら、翌日、H病院に再診察に行き、改めてCT、胃カメラ、レントゲンを撮り直しました。

結果が分かるまで待合室で待っている時間がとても長く思えました。

結果は、やはり胃癌でした。紹介された外科のT先生が、丁寧に納得する説明をしてくださいました。

先生は「大丈夫です。安心して任せてください」と励ましてくださり、心強く感じました。手術は二週間後に決まりました。

主人は人工透析を受けるようになって二十六年目に入っていました。この頃は視力が落ち、身体も弱り、誰かの支えなしでは過ごせません。私が入院したら腎臓病の主人の食事を用意するのは大変です。病院の送り迎えなどもどうしようと思いました。健康であることが当たり前に思って、今日まで病気知らずだった私は、ただただうろたえるばかりです。

その頃、季節は春で、桜が満開になっていました。息子が私たちを海津大崎へ花見に連れて行ってくれました。

今年見る桜がこの世で見る最後の桜になるのではないかと思いながらも言葉にはしませんでしたが、三人の心のどこかにあったのかも知れません。写真を一杯撮りました。

雨やみて　山より山に

桜花　夕日に映えて　山肌を更《ふけ》ゆ

長男に連れて行ってもらった海津大崎にて

私は神様に祈り続けました。

「私を必要として、一人で生きていけない人がいます。もう少しこの世の時間をください。お願いします」と――。

入院の朝、病院に行くのに息子と娘婿が迎えに来てくれました。主人に「お父さん行ってきます」と言っても返事をしません。どうしたのかと思ったら、気分が悪くなって動けなくなっていたのです。これは大変。急いで一緒に病院に行きました。

診察してもらったらすぐに入院が決まり、主人は内科、私は外科と、二人とも同じ病院に入院することになりました。その方が良かったと私は内心思いました。病院に入院してくれた方が安心です。

長生きは　さらに願わず　貴方より
一日長く　生きておりたし

手術の日は久しぶりの良いお天気でした。家族が皆心配して来てくれました。生まれて初めての大きな病気、生まれて初めての入院、たいそうなことです。

目が覚めたら病室でした。手も足も固定されていて身動きができませんでした。看護師さんから「手術も無事済みましたよ」と聞いて感謝で一杯でした。ありがとうございました。

先生に「三日目から歩きなさい」と言われたので、点滴を引っ張りながら主人の病室に見舞いに行きました。「良かったな。よう頑張ったな」と優しく私をねぎらってくれました。

嬉しくて涙がボロボロと流れ、離れてたった三日ほどなのに夫婦はこんなにも愛しいものかと初めて知りました。

たくさんの人にお見舞いに来ていただいて、病室がお花で埋まりました。

日に日に良くなり、回復も早く、二十日間の入院を経て、私が先に無事退院することができて感謝しています。

老いて二人　互いに近き
終わりを語らう　日々の多くなる

桜の花が舞い散るように

皆様に励まされ頑張ってきましたが、今回の主人の入院は長引きました。主人は家に帰りたいと何度も言いますので、先生に相談してみました。

先生と人間の死ということについて話し合いました。「死ぬ時は皆病院で死ぬものと思っているが、病院は病気を治すところであり、死ぬところではない。病状が思わしくないことが分かれば本人の願いを聞いてあげて、逢いたい人に逢わせてあげるのも愛情です」

と教えていただき、さっそくその日に退院することになりました。

息子に病院まで迎えに来てもらいました。家に着いて車から降りた時、「家に帰ってきた」と言って、バンザイをして喜んでいた主人の笑顔が忘れられません。

その日は土曜日でしたので、息子や娘たちの婿や嫁、孫など十二人が集まりました。私は主人に付き添いました。言葉がはっきりしないので、言いたいことがあればノートに書いてと言ったら、「ありがとう、何も書く必要ない」と書きました。

この字と言葉が最後でした。

朝方、主人の息が荒くなり、私がそっと抱きかかえ、「もう頑張らなくてもいいよ。長い闘病生活辛かったよね」と言って頬ずりしてあげると、静かに目を閉じて、私の腕の中で家族に守られながら、眠るように息を引き取りました。

家に帰りたいと言っていた主人の願いが叶って良かった。

家族十二人、二十四の腕に支えられて、二十四の瞳に守られて、長い闘病生活を過ごし、平成十八年四月九日に主人は家族に看取られながらこの世を旅立ちました。

桜の花が咲くのを待っていたかのように、葬儀の日は満開の桜の

木から花びらがひらひらと舞い散る
中、たくさんの方に見送っていただ
き、主人も満足して天国に召された
と信じています。
長い間皆様に
大変お世話になりました。
本当にありがとうございました。

主人の葬式

家族みんなで

新しく建つ家を楽しみに

息子が帰って来て、今の家を建て替えると言います。新しい家が建つまでは仮住まいとしてアパートを借り、しばらくはそこで暮らしました。最初は住み慣れない狭いアパートでの生活が寂しくて、空しく思いました。

でも、新しい家に住み慣れた今はすべてが手の届くところにあります。スーパーマーケットも近くて便利ですし、待つ人も待たれる人もなし、気兼ねない暮らしは天国です。友達が時々、泊まりで遊びに来てくれます。長女も勤めの帰りに立ち寄り、買い物に一緒に行ってくれます。娘がそばに住んでいてくれるので私は幸せです。

健康のため、友達とスイミングスクールに入会しました。自転車で週に三日通っています。私は足が丈夫ですので、エアロスイミングでは若い方と同じようについていけます。

一度おぼれかけたこともありましたが、でも頑張って続けています。健康のため、そして、できるだけ子どもたちに迷惑をかけないように心がけています。

今住んでいる町内の皆さんはとても親切で、住み心地が良く、私は幸せです。特別ふれあいサロンという会があり、一人暮らしをしている人を、毎月食事会や日帰り旅行に連れて行ってくださいます。思い出の写真も撮っていただき、アルバムが一杯になりました。いろいろな手作りのものもいただきました。本当にありがとうございました。

年齢を重ねる喜びを語り合える友の輪が広がり、素敵な人生の輝きも増し、八十代には八十代の輝きがあることを知りました。その歳がいつも最高の瞬間であるように、第一に感謝、第二に健康、第三は友達、そして感謝の気持ちとありがとうの言葉を忘れないように、明日より今日一日を大切にしたいと思っています。

人生に必要な大切なものは、少しの貯え（お金）と、たくさんのお友達です。そうすれば、老後は輝かしい日々が送れると思います。新しい家が出来上がり、私には明るくて風通しのよい部屋を与えてくれました。ありがとう。感謝しています。毎日が幸せです。

私の宝物

無事に主人の一周忌の法事を済ませ、そろそろ身の回りの整理と、箪笥の中の着ることのない着物や要らない物を片付けようとしていたら、引き出しから結婚前の主人からの手紙が出てきました。ドキドキしながら一気に読みました。まるで五十数年前にタイムスリップした思いで、誰もいないのに顔が赤くなっている気がして、恥ずかしさと懐かしさで涙が止まりませんでした。

拝啓　若芽の芽吹きの温かさの感じる此の頃と相成りましたが、その後貴女様には如何お過ごしのほどかと、二階の夜の書斎にいりこもり一点の曇りなき夜の大空の輝く星を眺め動き行く雲の一つはるかな西の彼方にするどき心のひらめきと共に貴女様への思いが知らず知らずのうちに筆を滑らしています。

さて去る二日以来ご無沙汰しています。その後貴女様お元気ですか、私事相変わらず元気に職務に励んでいます。さて何から書き出して良いやら光陰矢の如し、二人が一緒になれる日が一日一日と深まって来る此の頃何かしら強い一筋の生き甲斐我が胸のどこかにひらめき、日々の仕事も明るく幸福とはこのような、希望かしらとしみじみと感じます。手紙をつづっていくうちに一句頭に浮かびました。

雲一つくっきりと浮かび
　其の上に我が心乗り　果てしなく続く
お互いに強く生きよう
　ホームにて　あまきささやき　強くせまりぬ

思い出の手紙の一部です。和紙の巻き紙でよくぞこんな名文が書けたなと、今さらのように思います。何度も何度も読み返しました。

寂しいけれど、長い闘病に耐える主人を、私より一日でも先に送ってあげたいと思っていましたので、これで良かったと自分に言い聞かせ、いつまでもめそめそしていないで、前向きに生きようと思ったばかりなのに、また手紙の上にボトボト音を立てて涙がとめどなく流れ落ちました。この手紙は私の大事な宝物です。

誰もいない部屋にぽつんと一人たたずむ私を、仏壇のロウソクの火だけが優しく包み込み、「冥福をお祈りしましょう」と言って光る涙をぬぐってくれるようでした。

整理を始めてどのくらい時間が過ぎたのでしょうか？

いつの間にか外は真っ暗で、部屋には整理しかけた物が広がっています。時間が経つのも忘れてただ一人ぼんやりとしながら、またしても涙が流れ落ちました。頭の中に主人と過ごした五十数年の長い月日が駆け足で駆け巡り、写真を見ながら思いを寄せては波の如く消えて、またも寄せくる思い出を何度も繰り返し独り言をつぶやいていました。

離れれば　思想は深く
　主の良さ　しみじみ思う　絆の強さ

主人は独身の頃から趣味の短歌を続けていました。市の文化祭に投稿して市長賞特選をいただき、有終の美を飾ることができました。

近江八幡市長特選賞

残る世を一日生くれば一日は消ゆ
生命貴び日々を重ねむ

大林 蘇岳

この短歌に「人間誰でも生を終える日は必ずやって来る。その普遍的な命題を作者は真摯に捉え、命の大切さを問いかけていて、深い内容の歌となっている」との講評をいただきました。

毎日が退屈知らず

私はお友達とちぎり絵を習いに行き、習い始めてから一年が経って、作品を銀行やホテルのロビーに展示していただきました。

家の前に広い公園があり、健康のために毎日午前中はグラウンドゴルフを友達としています。月に一度試合があり、平成二十四年六月の試合では、念願かなって三位に入賞することができました。

「大林静栄さん」とマイクから私の名を呼ぶ声が響きわたり、「やったー」と喜びました。夢にまで見た念願のトロフィーを手にすることができました。皆さんに拍手で迎えられてあまりの嬉しさに涙がポロポロあふれました。グラウンドゴルフに入会して二年目、七十歳前後の若い人たちとの試合ですが、諦めずに頑張り勝ち抜いた喜びはひとしおです。

翌月の七月十五日に読売新聞主催の第二十回読売杯グラウンドゴルフ大会があり、思いきり頑張りましたところ、また三位に入賞することができました。夢か現実か分からないまま、確かにこの手にトロフィーを握っています。八十三歳（当時）の私には重すぎます。「誰か助けて」と心が叫んでいます。「三十八キロの小さな、ばーば」です。

嬉しがり屋の私は夢心地で、写真を撮ってメールで友達に送りました。これからも健康のために続けていきたいと思っています。

賞状

平成七年に、私は滋賀県草津市のレイカディア大学に入学しました。英文で書けば凄いと思いますが、日本語で言うと老人大学です。健康な六十歳以上であれば誰でも入れます。同じ町内のFさんと一緒でした。

何よりも良かったのは、学校が私の生まれ故郷草津にあったことです。懐かしい人に出逢えるのも楽しみです。月に数回の講義を受けた日の帰りには実家にも立ち寄りました。

講義を受けるたびに感じたことは、昭和の暮らし方、考え方の違いです。そして、何かを学ぶという新しい生き甲斐を見つけることができました。

その大学で園芸部に入りました。女性三人で山に出かけて四季折々の花やいろいろな植木を観察し、お正月には松竹梅の盆栽を植えて楽しみました。毎年親しい方のために盆栽を作って、差し上げて、皆さんに観察してもらうのが、私の自慢の趣味の一つです。

二年の大学生活を過ごしてから二十五年以上が経ちましたが、毎年お正月には松竹梅の盆栽を植えています。お庭の花も絶やさず咲かせて、家族にも喜ばれています。

年老いても毎日が退屈しないで過ごせること、レイカディア大学に巡り合えたことに今も感謝しています。ありがとうございました。

園芸部での作品

残りの人生を悔いなく過ごす

五十数年連れ添った主人は、腎臓を患い、人工透析を受けながら二十八年間の長い闘病生活を過ごし、平成十八年四月九日、桜の花びらとともにこの世を旅立ちました。

主人は我慢強く優しい人でした。長年の病との闘いはどんなに辛かったことでしょう。きっと天国に召されたと信じています。

私のきょうだいは八人いましたが、七人になり、今は私一人になりました。きょうだいや友達の旅立ちを見送るたびに、この頃は自分の老いも認め、そろそろ身支度にかかっています。今さら老いと闘う気はありません。人間にはいつか誰にでも訪れる旅立ちを恐れず、与えられた命をどのように生きていけばよいのかを考えています。

自分に与えられた時間を大切に、気楽に、美味しいものを食べて、エッセイを書いたり、おしゃれをしたりして、友達と好きなカラオケに行って歌って、健康のためにグラウンドゴルフを楽しみながら、残りの人生を悔いなく過ごしたいと願っています。

老いて習ったパソコンが私にとって最高の生き甲斐です。退屈することもなく、インターネットやメールをしながら楽しんでいます。パソコンは老いた私に生きる希望とエネルギーを与えてくれます。

令和四年、私は九十三歳になりました。

主人の十七回忌の法事を四月九日に済ませることができて、ほっとしています。二人で過ごした日々の思い出をたどり、冥福を祈っています。

以前と比べると歩くのが少し困難になり、耳も聴こえにくくなったので、一週間に三日「長命寺ちとせデイサービスセンター」にお世話になっています。

山と琵琶湖に囲まれた空気のいい施設で、先生方も皆優しくて、毎日が楽しみです。老いて素敵な施設に巡り合えたことに感謝しています。ありがとうございます。

三人の子どもと五人の孫は私の宝物です。授けてくださった神様と主人に心から感謝しています。ありがとうございます。

著者九十三歳の誕生日に家族全員で

あとがきに代えて　三人の子どもへの願い

長女へ

あんたは子どもの頃おとなしく、引っ込み思案でしたが、管理栄養士として頑張っているのを見て誉めてやりたい。無理をしないで家族を大切に過ごしてください。

次女へ

元気で笑顔の素敵なあんたは、子どもが好きで幼稚園の先生になりたいと、希望通りの道に進みましたね。今は退職をしてこれからは、ゆっくり休んでください。

長男へ
あんたは子どもの頃とても元気で、何事もよく頑張りましたね。素敵なお嫁さんをもらって、可愛い跡取りを産んでくれた嫁さんに感謝しています。

三人共、私の子どもに生まれてくれてありがとう。

文芸社様にはいろいろお世話になりました、心より感謝申し上げます。ありがとうございました。

令和四年十月

大林 静栄

かの人の思い出
かの人の生がい
そこには歴史の流れあり
かの人の春夏秋冬
残されし人々送りし人々
心にありて
何時までも　何時までも
生きつづくものなり

著者プロフィール
大林 静栄（おおばやし しずえ）
昭和４年生まれ
滋賀県在住

本書は令和３年発行『家族の絆』（私家版）に加筆・修正したものです。

家族の絆に感謝 九十三年の人生を振り返って

2023年３月15日 初版第１刷発行

著 者 大林 静栄
発行者 瓜谷 綱延
発行所 株式会社文芸社
〒160-0022 東京都新宿区新宿1－10－1
電話 03-5369-3060（代表）
03-5369-2299（販売）

印刷所 図書印刷株式会社

ISBN978-4-286-29078-2 JASRAC 出 2209348-201